桜蘂

近藤寿美子

Sumiko Kondo

短歌研究社

目次

I

Ⅱ

Ⅲ

桜蘂

さくらしべ

I

銀の鱗

春の雪うすく積もれば信号機のひとつひとつにひさしあること

伝言がすこし歪んでゆくやうに今日のわたしはどこかが違ふ

花の下に隠し置きたる鍵のあり溺れてゐるむかし雪の底ひに

くるぶしに触るればふいに冷たくてとほき過ちのごとき膨らみ

クルトンを避《よ》けてスープを掬ふとき断りて来しことの数々

寒がりな冬芽もあらむ手袋をはづして雪を払ひてやりぬ

てのひらに雪の日の鍵のせてをり銀の鱗をもてる冷たさ

癒ゆるとき

送られて駅まで来たり「また」といふ曖昧な言葉ゆふやみに置く

手を振ればせつなさは手にあふれきてしづかにこの手戻して歩む

忘れゆくこと易からず六輛のうちの二輛が切り離されても

冷えしるき膝頭ふたつ揺られをり車窓よりきのふを眺めてをれば

いくたびも電柱の影過《よぎ》りゆき車窓にながく陽は続かざり

県境の看板ひかり立つ岸辺　みづにあちらもこちらもなくて

木蓮のはなびら灯る薄明かりむらさきの炎浮きてゐたるも

癒ゆるとき癒ゆれば癒えよしんしんと時間たしかに降り積もりつつ

雪のなきわが街へ雪ふりこぼし貨物列車が過ぎてゆきたり

約束は守られぬまま春が来てひそかに春は終はるのでせう

春堤

わらわらと麻疹ひろがりゆくやうに桜はなびら地に降りきたる

あかつきの雨を吸ひたる泥を踏むはつか沈みてみづは浮き出づ

春堤うすももいろにけぶりをりジーンズの裾が濡れて冷たい

さくら樹とさくら樹のあはひ繋がれて此岸にぼんぼり提灯点る

水欲《ほ》りて川縁へさくら傾ぎしはかの夏の戦火ののちにあらずや

桜見むと橋わたりゆく人の列　目鼻なき貌あふれてゐたり

りんご飴のあかき匂ひが充ちてゐるをんなの子ひとり人混みに消ゆ

眼が覗くための穴ありいくつもの穴が見てをり面を売る店

重力の向きを知るとふ耳冷えてはなびら降るもちからとおもふ

オルゴールの櫛歯たしかに弾かれて霧雨は街へ降り始めたり

さくらドロップ

うろたへるこころにも似てゆきやなぎ春の嵐に揺らぎやまざり

影もたぬ兄がいもうとと頒けあへるさくらドロップ溶けて薄やみ

一人子の傍へに亡き子の寄り添へば二人子となるをりをりのあり

まだ這はぬいのちひとつを失ひきわれが産みたるいのちひとつを

あをき実を守らむとして包みたる薄紙が風にかさかさ泣いて

淋しさはひとしづくづつ溜まりゆき溢れてしまふまでがくるしい

不確かな自律神経　巻貝の螺旋あやふき尖りをもてば

翅閉ぢて葉裏にひそむ蜆蝶のやうなり雨の窓の辺にゐて

横顔をうつす夜の玻璃　逝きし児の耳のかたちと等しきが見ゆ

大過去といふ過去はあり木製の小さき汽車を出窓に置かむ

ひとり子を右側にして手をつなぐ癖ありしより寒き左手

とまどひの水位

目に見えぬ疵が空にもあるらしく雨はそこから降り出だしたり

息を吸ふ音のこんなにかなしくて誰かのハモニカ聞こえてきたる

雨降ればとまどひの水位あがりゆき夕暮をただあぎとふばかり

伝言のあとに♯《シャープ》を押してから半音階をずれゆくわれか

指先に抓みし小さき葡萄へと口寄するときふと独りなり

傷多きイルカの背中見し日より近づくといふことをためらふ

幾たびも寄りくるイルカ傍らに魚座の子ひとり従へをれば

またけふも細雨はつづきしんなりと非常階段の螺旋を濡らす

紫陽花の下に眠れる白猫のやがてむらさきいろになるまで

濁音をふくみておちる雨音のいつしかわたしを離りてゆけり

近藤寿美子歌集『桜蘂』＊栞

短歌研究社

抱え続けてきたもの

松村正直

昨年、第六回現代短歌社賞の選考委員として近藤寿美子さんの歌に接し、強い感銘を受けた。短歌の持つ力をあらためて感じたと言っていい。

忘れゆくこと易からず六輛のうちの二輛が切り離されても
眼が覗くための穴ありいくつもの穴が見てをり面を売る店
傷多きイルカの背中見し日より近づくといふことをためらふ
人の手がかたちをなせば人の手の恋ほしくあらむ夜の陶器撫づ

一首目は電車の車輛の切り離しを比喩に用いて、別れた後も忘れられない人の記憶について詠んでいる。二首目は祭の屋台の光景で、穴という何もない部分に視線を感じているところが面白くまた不気味でもある。三首目のイルカは遠目に見ると滑らかな肌をしているが、近づいてよく観察すると体表に細かな傷がたくさん付いている。それを人間関係の距離感の話につなげたところが巧みだ。四首目は陶器が人の手を恋しがっているとの発想に驚かされる歌で、ほのかなエロスもにじむ。

どの歌にも作者ならではの見方や感じ方が息づいていて、短歌を読む楽しさを十分に味わうことができるだろう。

冷えしるき膝頭ふたつ揺られをり車窓よりきのふを眺めてをれば
蝶がゆきたまゆらののち影がゆく夏の時間に誤差は生まれて
踏切に待たされをれば通過する窓にかの日のわたくしがゐる
秋のみづに替へむと硝子器はこびをり水と金魚がずれて揺れゐる

現実や自己に対する違和感やずれといったものを、作者は長年抱え続けてきたのだと思う。「きのふを眺めて」「誤差は生まれて」「かの日のわたくし」「ずれて揺れゐる」、こうした表現が『桜蘂』には多く見られる。それは何気ない日常の一こまや、記憶と現在の混在という形で現れたりする。どこか折り合いの付かない感じや、そぐわないもどかしさを抱えつつ、それを言葉にすることで作者は日々の生活を乗り越えてきたのではないか。

一人子の傍へに亡き子の寄り添へば二人子となるをりをりのあり
まだ這はぬいのちひとつを失ひきわれが産みたるいのちひとつを
横顔をうつす夜の玻璃　逝きし児の耳のかたちと等しきが見ゆ
とんぼ追ふ少年に曳く影はなく網をもつ手に見覚えがある

幼い子を亡くした経験は作者の人生に抜き難い影響を及ぼしている。その心の傷に向き合って詠まれたのがこれらの歌だ。

一首目、子の姿を見ていると、その横に亡くなった子が浮かんでくるのである。亡き子の記憶はこのように常に作者とともにある。二首目の「いのちひとつを」の繰り返しは絶唱と言っていいだろう。這い這いさえできない幼い命を失った悲痛な慟哭である。三首目の「耳」や四首目の「手」のように、ふとした瞬間に亡くなった子の身体は今もまざまざと甦ってくるのだ。

しあはせになつてはいけない気がしてたいのちひとつを失つてから

何とも痛ましい歌だと思う。この歌にも「いのちひとつを」が響いている。楽しいことや明るいことがあっても、その陰にどこか疚しさを感じながら作者は生きてきたのだろう。

他にも自身の卵巣の手術や生い立ちに触れながら女性であることに深く思いをめぐらす歌もあり、現代に生きる一人の人間の姿がくきやかに浮かび上がってくる。

　　ミシン目をそつと切り取るやうにしてきのふのわれをしづかに放す

歌集の末尾に置かれた一首である。「きのふのわれ」を手放して今日の作者は新たな一歩を踏み出す。そのためにも、この歌集をまとめることがきっと必要であったのだ。

希望の調べに

大塚寅彦

近藤寿美子さんが待望の第一歌集をまとめられた。歌集名は『桜蘂』、全体が四章に分かれた集である。近藤さんは平成十三年に中部短歌会の新人賞を受賞されている。

伝言がすこし歪んでゆくやうに今日のわたしはどこかが違ふ
送られて駅まで来たり「また」といふ曖昧な言葉ゆふやみに置く
さくら樹とさくら樹のあはひ繋がれて此岸にぼんぼり提灯点る
影もたぬ兄がいもうとと頒けあへるさくらドロップ溶けて薄やみ
ひとり子を右側にして手をつなぐ癖ありしより寒き左手

歌集の初めの方にこうした微妙な違和感や曖昧模糊としたぼんやりとした感覚を歌ったものがある。一首目は自身への違和だが、そのために持ってくる「伝言」という比喩が決まっている。「歪んでゆく」は「ひずんでゆく」と読みたいが、実はその日その日によって違う自分を生きながら、人は何とか一貫した人格を保つように意識しているのではないか、という意識の上に立脚した「問い」がある。二首目では他者に向かって発した「また」という別れの言葉の響きの頼りなさ、三首目では「此岸に」の一語が挟まれることで、桜の森のともすれば彼岸に紛れ込むような夕暮れ時が広がる。

四首目五首目は、無事な生誕を遂げることのなかった子供の存在が影を落としている。「さくらドロップ」の桜の香りが彼岸の子の気配でもあり、「寒き左手」の実感にもそれがある。

わたくしに再び小さき心臓の生れし日のあをき大空はあり
はなびらの薄きにほそきほそき脚のせむと蝶のためらひは見ゆ
蝶がゆきたまゆらののち影がゆく夏の時間に誤差は生まれて
熟れすぎたトマト落ちゐるゆふぐれを泣きだしさうな麦藁帽子

新たな生を宿した喜びがア母音の多用で歌われ、「小さき心臓」と「大空」の対比が効いている。蝶の二首では作者の繊細な観察眼と修辞力が如何なく発揮されている。ただそこで見出されるのは「ためらひ」であったり「誤差」であったりしていて、また麦藁帽子は夕暮れに「泣きだしさう」である。上句からは反射的に茂吉の有名な一首が浮かぶが、帽子そのものが泣き出しそうにも思える下句の表現によってまったく違う叙情性がある。

万象に何らかの「もろさ」が潜んでいる、と見る鋭敏な感受の根底には、やはり身籠った子供の喪失体験があろうが、集の後半は更に病魔が自身に降りかかることで陰影がいっそう深くなっているようにも思われる。

傷つきしわが卵巣はすでになく撫づればとほし身ごもりの日々

しあはせになつてはいけない気がしてたいのちひとつを失つてから
腐葉土の湿りし息が満ちてゐる冬ふかき森に胎は似てゐる
あかくほそく桜蘂ひとつ身の裡にふるへてゐしが温もり始む

二首の重たい追想と認識があって、冬森に喩える胎、集名でもある桜の蘂に象徴させている内なる「温もり」がポジティブで深い響きをもって迫って来る。終章の一首「水の束たかく押し上げ噴水の先が触れたるそらは明るし」がもつ希望の調べとともに集の白眉となっている。

触れたい歌は他にも多いが、ここまでにしたい。著者のご健康の回復を願うばかりである。

中部短歌叢書第三〇〇篇となる本集が、多くの方に読まれて批評を得られることを願いたい。

平成三十一年二月十日

梔子

夏に生れし人を羨《とも》しとおもふとき地軸ぐらりと深きへ傾ぐ

くちなしの葉の影ふるふ壁に沿ひやもりはにじりのぼりてゆくも

つよき香を拒みてゐたり昏き記憶ゆさぶらるるを怯ゆるわれか

発熱の児を抱きつつうろたへしかの夏至の日のわたくしに逢ふ

軋む身をしづめがたしもぬばたまのわが児の逝きし夜は垂れこめて

児に残るほんのわづかなぬくもりを奪はれぬやう抱き続けつ

入り口にあらざる扉押し出でて腕《かひな》にもどりし児と帰りきぬ

真白なるはなびらは黄に朽ちはじむ響きあふがに鎖骨の冷えて

しめやかに月はこよひも白道をゆくなり小さきわが生のうへ

家の灯りつぎつぎに消えまなかひにあらはれて来よ夏の星座は

眠るため灯り消さむとする指のたまゆら誰のゆびにもあらぬ

呱々《ここ》のこゑとほく聞こえて月の夜のくちなしにほふ窓を閉ぢたり

少年の影

淋しさの膜をかすかに震はせてわらびもち売りのこゑが近づく

鬼蜻蜓ふいにあらはれ夏椿のひらきゆくときを横切りて消ゆ

足もとに転がりきたる赤き毬　まはりの色をすべて失《う》せしめ

とんぼ追ふ少年に曳く影はなく網をもつ手に見覚えがある

わたくしの輪郭なべて見失ふガラス器みづに沈めゆくとき

葉月なる燕の巣すでに空《から》となり闇がとろりと忍びこみたり

へび苺摘めば草かんむり取れてへびのやうなる母あらはれむ

葉ざくらの緑陰ふかし刀傷のごときをもてる一樹に触れぬ

陽炎のなかのカーブに去りゆける電車のうねりひとつ夏の尾

あさがほ

あさがほを買ひにゆかむか朝市に競ひてひらく花に会ふため

葉緑体もたざるわれは陽を避《よ》けて日傘のつくる影に添ひゆく

海洋に浮かぶ島なす斑《ふ》をいだき緑葉は凪のやうなしづけさ

花の洞《うろ》に玉となるみづ　ふたつめのいのちを胎に失ひしこと

青南天柳葉淡藤采咲とふあさがほ戒名のごときをもてり

眩《まばゆ》かるひまはりの黄に疲れたるこの夏あはき藍を好みぬ

好きな花選るとは嫌ひな花を選ることとひとつを選べぬままに

二十帖のくだり浮かべば朝顔はつくづく誰も寄せつけずゐむ

触るるたび支柱に巻きつく蔓先の感度あやふくなりて夕立

萎え初《そ》めしあさがほのはなびら揺れて琉金の尾の泳ぎゆくさま

Ⅱ

海の鳴く街

扇川のほとり歩けば子を産みし街の葦群やさしくありぬ

川の面《も》に篭山橋が落とす影　時間ゆるりと戻りはじめる

わたくしに再び小さき心臓の生れし日のあをき大空はあり

透きとほる魚ひとひら光り凪ぐ水面《みなも》に跳ねて　胎動覚ゆ

満身に月の視線を浴ぶるときかすかに汝《なれ》は瞼をひらけ

イメジェリーとふ胎内教育　モネ展のひかり降りくるフロアに立てり

冬の樹液流るるを聞くわが胎に異なる速さの鼓動あること

逞しく歩みてゆかな風生るる丘の斜《なだ》りの葡萄園越ゆ

卵生にあらざるからだ疎みゐるこゝろあり真昼の待合室に

また少し俎板の距離遠のきて刻むパプリカ　産み月に入る

ゆるやかな弧線をもてば陽光のなかに置きたるわが影ぞ愛《を》し

満たされてゆくささやかな時間あり生まれくる子の肌着陽に当つ

臨月をともに籠りし鉢植ゑのチューリップいよいよ綻び始む

あたらしきいのちを包む終日《ひねもす》を木の芽おこしはやはらかく降る

母たちにひとりづつそつと手渡され乳ふくませてゆく授乳室

三月の出生届ひさかたのひかりあふるる緑区役所

レコードの針置くやうにおくるみのわがみどりごを傍らに置く

厩舎から中京競馬場へと架かりゐる橋わたりゆく馬の尾は見ゆ

街路樹のはなみづきの芽のふくらめる鳴海の駅へつづく坂ゆく

眠りより覚めざる獅子の背のやうな春まだあさき滝の水公園

海が鳴く街だつたのだらう丘の上《へ》の公園に風ふるふる鳴けば

ふはり

白亜紀に花は生れしとほのぐらき恐竜館の地下に知りたり

はなびらの薄きにほそきほそき脚のせむと蝶のためらひは見ゆ

ゆびさきに往復はがきの線を折る片側ふはり浮きて届かな

咲かすとふ選択を捨てさみどりの菜花のつぼみ湯に浸しゐる

半身を朝のけはひに触れさせて花冷えの深さうかがひゐたり

ムール貝つぎつぎ口をひらきゆきむらさきいろの息が満ちゆく

蜂蜜はひとすぢ垂れてパンのうへ　うふうふ笑ふやうにくねりぬ

蘭のはな終はりてほそき茎のみの鉢うらうらと増えゆく窓辺

鍵穴に鍵さし入れてまはすたびことりと知らないわたしが開く

それぞれの家の料理の染み込めばやさしくあらむ木杓子のいろ

春の床拭き終ふるころ逆さまの椅子はしづかな眠りに入らむ

やさしき嘘

消えかかる土曜の夜に乗せておくペーパーウェイトは硝子のくぢら

触るるだけで傷んでしまふ桃の季をだれもかれもが疵つきやすく

シャーベットの上のミントの小さき葉のつよき主張にいまだ和めず

川底のうすき尾びれが巻き上ぐる砂の濁りに光るものあり

寄りくるに手を差し出せば逃げむとす艶めく鳩の胸のふくらみ

かがよへる水音ひろふ夏の耳さらさらとわれもみどりを帯びぬ

てのひらで翼をつくる鳥影は消えてしまへり指を解かれて

熟れすぎたトマト落ちゐるゆふぐれを泣きだしさうな麦藁帽子

いつのまにか眠りてしまひし子の髪の汗ばみて僅か寝返りを打つ

スイッチを押して生まるるそよ風のやさしき嘘に眠りてゆかな

一夏

ボウルもて豆腐を買ひにゆかむかな夏のをさなき日の薄昏へ

わが知らぬ表情見せて笑ひあふ父母の辺に匂ふゆふすげ

小判草垂れさがりをりサンダルの足首あたりにくすくす揺れて

誰の手か　しづかに寄りてほどけたるリボンを結び直してくれぬ

蝶がゆきたまゆらののち影がゆく夏の時間に誤差は生まれて

かの若き父の背《そびら》に揺られをり機械油のはつかな匂ひ

近すぎて遠すぎるひと想ひをれば重なりあへり大き花火は

ちちははの老いたる庭に風立ちてをぐらし葉陰去りゆく一夏

ゆるされて

喉ふかく秋の匂ひす湿度計のガーゼやはらかくみづを吸ひつつ

風がはこぶ音は澄みをり蹄鉄を打たるる馬のいづこにをらむ

をさなごのながぐつの底あるくたび星のあふとつ地にあらはれぬ

壁を背に座れば淡きわたくしの影も座りぬ　ひとを待つため

ミントの香ほのかにこぼし銀紙がひかうきになるまでを見てゐつ

舌足らずな言葉のやうに栞紐のみじかく垂れてゐる昼下がり

長編のひとりの生に寄り添へばしばらくわたしに寄り添ふ一人

交信をしてゐるやうだ　木犀のアステリスクが地に降り始め

眼《まなこ》より耳より早く雨を知る肌しんしんとたしかな器官

日本地図に持ち主のなきいくつもの傘ひらかれてあした秋雨

ゆるされてゆるして人は素直なり玉葱ながく炒むれば透く

窓の外《と》の陽は知らぬまに落ちてゐて気づけば闇にひたる食卓

かあさんうさぎ

子がわれを探してゐたり疲れたる内耳くすぐる鼻音のひびき

なぜ一羽と数ふるのかと問ふ胸にうさぎの小さきぬくもり抱かす

汗ばみて戻りきたればセーターを残してすぐにまた駆けだしぬ

ジャングルジム上《のぼ》りゆく背のあやふさに振り向けば大きく手を振りてやる

子と夫とわれのバランス保ちつつ秋空にふれてゆく観覧車

休日の遊園地すでに飽和して溶けだしてゐるソフトクリーム

賑はひし象のすべり台ひいやりとながき鼻冷ゆるころを帰り来《く》

夕あかね見るためにゆく丘があり丘にゆくため　階《きざはし》のぼる

月に影うすうす見えてかなしげな瞳で子を抱くかあさんうさぎ

月光《つきかげ》に揺るるきんいろの穂すすきに手招きされても行つてはいけない

風の手に攫はれてしまはぬやうに夜道にかろき子を抱《いだ》き上ぐ

背伸びして子は樅に星つけてゆく去年は届かざりしこずゑに

とほくとほく凍える子らのゐるところせめてかがよふ大き星あれ

いのち包《くる》む毛布へと変はりゆく紙幣　ユニセフへ送る十年あまり

ひひらぎのあかき実ついばむ鳥のやうにちひさき口は苺ほほばる

読み聞かす『子うさぎましろ』もみの木の種を神様に返したところ
おやすみをパジャマ姿で言ひにくる軟らかきものをそつと抱きたり

Ⅲ

ためらひながら

言ひ訳を探し疲れしきのふけふ百合の花弁がこぼれはじめぬ

きつかけは些細なること蟻の列に木の葉を置けばざわめき始む

触れないでくださいといふ札をかけ駅に伏しをり盲導犬は

パンの耳ためらひながら切り落としなにも聞こえてこない一日

履き寄せて捨てにゆきたり木犀の花は羽毛や砂にまみれて

逃がすとはむづかしきかな迷ひ込みし蜂のため窓開け放ちつつ

ささやかに×は打たれてスリットの木綿の糸のしろさが痛い

トッピングしすぎたのかも具ばかりのピッツァのやうな毎日はあり

白昼を眠りつづける街灯のまばたきしつつ覚むるゆふぐれ

玉ねぎのスープあたため直すときわたしもあなたも柔らかくなる

梢《うれ》の揺れ

眠りゆく耳と覚めゆく耳のあり喧騒をさけ落ち葉を踏めば

冷たさは濡れ葉をはらふ指にきてふいにさみしもリダイヤル押す

鳥たちが飛び立ちしのち梢《うれ》は揺れ微かな不安きみに伝へむ

ｆに触れｓに触れつつ液晶をすべるひとさし指がつめたい

このこゑに温度と湿度あるならば　短きつぶやきひとつを消しぬ

言ひきれぬおもひを掬ひあつめても掌《て》のあはひから零れてしまふ

誰よりもとほく遥かな衛星が先にわたしを見つけるのでせう

森の上《へ》の空の高みをおもふとき翼あらざる背が疼きたり

眠りつくつかの間に欲し産みたての卵がもてるほどの温もり

吃音の鳥いつまでも鳴きつづく夢　さくさくと生きてはゆけず

海の眩輝《グレア》

こくりこくり銀いろの骨折りながら翼をたたみ傘を仕舞ひぬ

秋祭り告ぐる雷《らい》あり朝空にグレーの痣のごときを残し

避難区域は空に及ぶかやすやすと境界越ゆる鳥のはばたき

風はもはや呼吸のやうだにつぽんの上空はやや気道が狭い
ひび割れてゆくあをがある末梢の枝越しにそら見上げてをれば

ごつごつと満ちてゆく海　無数なるテトラポッドを這ひ上がる波

死でもなく生でもあらぬ不明者とふ魂はいづこ彷徨ひてゐむ

癒されむためにいくたび訪れし海ならむ遠く半島は見ゆ

冬の波にくるぶしまでを浸しゐつ冷たさはすぐ痛みに変はる

耀へるひかりの暈に怯みつつ海の眩輝《グレア》に眼をそむけたり

戻りくる船の舳先はくきやかに水を傾けつつ近づきて来ぬ

どの船にも名がつけられてゐることのかなしも岸に待つといふこと

海鳥の群れて鳴く声はぐれたる一羽をともに呼びあふやうに

この国の予後をガーゼで覆ふがに枯野ましろく霜降《お》りてをり

通過する窓

夜の駅に澄める水際《みぎは》を生れしめてレールは湖面のしづけさをもつ

留鳥を追ひはらふための鉄線のにぶく尖りてさびしき駅舎

ひそやかな卵の死のやうポケットのなかのカイロが冷たくなりぬ

唐突に境界となるひとところ三角コーンあかく置かれて

パイプ椅子折りたたまれて積まれゆく光と影も重ねられつつ

開かれて自販機は臓《はら》を晒しをり青年が缶を補充してゆく

踏切に待たされをれば通過する窓にかの日のわたくしがゐる

信号の青の点滅わたりゆくけふもあしたもまた急かされて

深夜まで店を開けゐる薬局の老夫婦ひかりのなかを動けり

降りかかるもの

蒼ざめてかすかに首を傾げつつわれを見てゐる古き地球儀

うつすらと地球儀は埃かぶりをり地球にけふも降りかかるもの

硬貨にはたしかな表裏なきといふ銀のさくらのうすきあふとつ

加湿器にみづ与へればとくとくと鳴くこの部屋に鳩飼ふやうに

扉開くれば点く灯りゆゑ冷蔵庫の真つ暗闇をだれも知らない

指ほそく黒きマニキュアが詰めくれしコンビニのパンひとくち齧る

日暮れまで沸点のちがふ人とゐて少し温《ぬる》めの風呂を焚きをり

官房長官のかたはら　ややありて女性のゆびは言葉を伝ふ

兄おもひの妹ならむウランとふかなしき名をもつをんなの子ゐて

母といふ字がくづほれてなきをれば冬といふ字にとけゆくやうで

くちばしを地表に立てて沈みゆく白鳥座冴ゆ　冬の十字の

白 銀 率

朝までにパンジーは雪に沈むでせうしんしんとして清らかな遺棄

雪がつつむ街を見むため曇りたる車窓を拭ふゆびさき濡らし

トンネルの暗闇が不意に映しだす母より生れて父に似し貌

選ばれて降るにはあらず海岸の砂に積もる雪海に消ゆる雪

五分だけ湾の向かうの景を買ふ展望台の望遠鏡に

サイレンは遠くに聞こゆその先の炎にあらぬ何に怯ゆる

剝がれたる付箋が床に落ちてゐて大切なことひとつを忘る

確かなるものを探さむ曖昧さ回避の頁《ページ》クリックしつつ

白銀率とふ縦横の比をしのばせて紙謐《しづ》かなり雪降る夜に

Ⅳ

記憶

秋のみづに替へむと硝子器はこびをり水と金魚がずれて揺れゐる

ひねもすを魚はしづかにあぎとへり伝へきれざる言葉をおもふ

書かねばと思ひつつゐる礼状の一葉いまだ白紙のままで

モンブランのインク購ふためだけに来し文具店に忌中は貼らる

逆光のそらにかぐろき鳥の影ひかりの存在知らしめながら

陽を吸ひて窓辺に壺は黙《もだ》しをり轆轤にまはりし記憶はあるか

人の手がかたちをなせば人の手の恋ほしくあらむ夜の陶器撫づ

紐引けば点る明かりのありし頃ゆふやみにこの手はさまよひき

形状の記憶われにもあるやうで眠れば曲がる胎児のやうに

にくづきとふ月を抱へて秋の夜の臓腑ひそかに光りてをらむ

肩に触れて

いにしへの銅鏡が映すかなしみの色かとおもふこのみづうみを

祈るとき手は無防備であるといふ　そを器とし水を掬はむ

みづのこゑ聞くため抛りてゆく湖辺《うみべ》　医師の言葉を肯へずゐて

湖《うみ》の面《も》は透きとほるでも濁るでもなくただ寒きひたひを映す

生検のできぬ臓器のあることを知りたりからだに浮かびゐるといふ

水鳥はまるく浮かびぬくちばしをその頭《づ》をふかく羽毛に埋め

対岸に釣り人のゐて忘るとふ時間の深さまで糸を垂る

それぞれの樹々に感情あふれだし色づきてゆく無数のいろに

落葉を踏みたる靴が汚れをりこのまま逃げてしまひさうなる

うろこ雲たまごのごとき丸みもて　ああ軽々と空が産みにき

われに耳傾けてゐる針葉樹そらのあをさが肩に触れたり

オルゴールの繰りかへさるる小節のもどかしさ裡に寄せては返す

水掻きをもたぬ指の間ゆふさりの水辺かなしく人の手を恋ふ

呼吸するもの眠るころみづうみに寄り添ひあへる白鳥のふね

しろき朝《あした》

北に棲むナキウサギ夢にあらはれてきるきると哭く冬の入り口

ゆびさきで弦を押さふるやうにして手首の脈を計りゆくひと

みづからが吐きたる糸に巻かれをりただ冬蜘蛛のごとく凍えて

無影灯の下に置かるるからだかとおもへば綺麗に洗ひてやりぬ

わたくしは何も変はらぬわたくしで臓器ひとつを取り出されても

ほのぐらき夜をくぐりきて痛みまだ消えぬ朝《あした》のしろさに怯ゆ

しぼりたる檸檬のしづく匂ひ立ち確かなるわが呼吸意識す

逝きし子を産みたるときの切開の痕をたどりてふたたびの傷

花を包むセロファン剝がす音さへも拒みてうすき耳尖りゆく

透明なかごにみどりご並びゐる窓までつづく廊下を曲がる

この階は産むためここにゐる人と産むための臓器失ふ人と

傷つきしわが卵巣はすでになく撫づればとほし身ごもりの日々

こんなときになにもできないと泣きじやくる外つ国に住む娘《こ》を宥めたり

触るればきつと壊れてしまひさうだと言ふ夫にからだを拭《ぬぐ》ひてもらふ

大丈夫だと伝ふるためにベッドよりそつとしづかなまばたきをする

のりしろに糊を塗りつつ折り曲げて組み立てて来ぬ家族といふを

崩れゆくことに怯みてあの夜のジェンガあやふきひとつを抜けず

静脈のあを畏れつつ真夜中の灯の下にブルーベリーを洗ふ

ひたひたとシンクに滴る水の音きのふのわたしのこゑに似てゐる

冬のみづ麒麟のながき喉ふかくくだりゆくときわれは眠るか

灯さずに

みづからを否みて塞ぎゆくこころしばらく誰にも会ひたくなくて

求むるはわづかなひかりぎこちなく両手伸ぶれど森ふかくあり

昼間見し迷へる蔓のさみどりがひとり眠れぬ夜に絡みつく

夜明け待つみづうみにわれは漂ふか渡りゆく鳥の影をも拒み

哭くだけのひと日はながくただながく誰のせゐでも誰のせゐでも

こんなにも広かつたのか夫も子もをらぬ我が家にわれを残して

灯さずにうづくまりをり夜の淵にきみが帰つてくる音を待つ

この庭の樹下に蝶はこもりゐてひどくちぎれた羽の枯れいろ

上下する羽はかすかな息と見ゆ鱗粉は指にべたりとつきぬ

こゑに出ぬほどに黙字は降りそそぎ春あかつきを浅く微睡む

しあはせになつてはいけない気がしてたいのちひとつを失つてから

遠く見るさくらは少しうすあをくきみは何色に見てゐるだらう

うらうらと小舟は岸につながれて安らぎてをり哀しみながら

柚子しろくひとつ開きてひとつ萎ゆ　ながく住みたる家を離れつ

われと夫の新《あらた》しき住まひ高層の窓には雲のながれが触れて

昏みゆきまた白みゆく空を見てゐる間に季《とき》がわれを追ひ越す

子に読みし絵本を詰めてこの街へ　学童の子の手があたたかい

桜　蘂

小寒と大寒のあはひ滾々と雪ふりつのり　けふ誕生日

雪景の街を望めばましろさに生かされてゐるこの身とおもふ

吾《あ》が生れてこの子も産みの苦しみを知らねばならぬかと祖母は歌ひき

祖父祖母につねに抱かれてゐたりしか母のかひなの記憶はうすく

おとうとが生まれてわれは姉となりさらに遠くにゆきたり母は

まだあまだあと泣きゐるわれよ顔上げて〈ｔｈ〉とその息をこぼせばＭＯＴＨＥＲ

癒されにゆきたきおもひ溢れきてやがて病みしか老いし母の辺《べ》

をんなの子はいづれ出てゆく子だからと父と母とがをりをり言ひき

否定してゐたかもしれずわが性をわたし自身がしらずしらずに

寂しさをかかへて誰が凭れたか金網《フェンス》にやはらかく曲線のこる

腐葉土の湿りし息が満ちてゐる冬ふかき森に胎は似てゐる

母ならぬメアリー・カサットの描きたる母子像にあふるるマテルニテとは

雨が降るのでせう　母が立つたびに膝をさすつてゐる音のして

吹き消してらふそく抜かれゆくときのホールケーキに孔《あな》しづかなり

皿の上《へ》に添へられし薔薇のはなとしてサーモンの身は巻かれてをりぬ

ただいまとふ日本語もろとも抱き寄せぬ留学終へて戻り来し子を

華やかなトワレを纏ひをさなごでありし娘《こ》の四肢ながく伸びゐる

冬鳥の帰りゆくにはやや遅き空か　ほのかに甘きにほひす

みづの輪のごとき重なり液晶はわたしひとりの指紋を残し

曾祖母に逢ひたるやうな　老いしるきしだれ桜の幹に触るれば

枝垂《しだ》れたる枝しなやかに風に添ひ生きやすきすべ　われに伝ふる

掌《て》によせて雌蕊つぶさに見てをれば小さき子房ふくらみてをり

むらぎもの心あまたを抱きたる蘂は愛《かな》しもそらに戦ぎて

予祝とふ言の葉を受くこの春のさくらが零すうすべにのいろ

わたくしは認めてやらむわたくしが変はらぬ性をいつくしむこと

あかくほそく桜蘂ひとつ身の裡にふるへてゐしが温もり始む

余白

少しだけ斜めに貼られはつなつの切手に小さき島浮かびをり

平成はささやかに去る　ひのまるの白は余白にあらざるしろさ

明朝体の会話よりひとり逃れきぬやはらかき風に触れて帰らな

濃きみどり淡きさみどり擬態するやうにひかりは緑葉に添ふ

変声期あらざるわれを見降ろして鳥鳴けばかすか喉は渇きぬ

葉ざくらとなりたる樹下カップアイスを口に運べばにほふ木の匙

青葉闇に白く光るは式典の空をはぐれし鳩にあらずや

水の束たかく押し上げ噴水の先が触れたるそらは明るし

はつ夏の風はあしたへながるるとあふぎてをれば風の背は見ゆ

母のための〈母の日〉ひと日終へし吾にひとりふたり子寄り添ひきたる

われもまたひとり子の母なることをさはさは青き葉に思ひたり

ミシン目をそつと切り取るやうにしてきのふのわれをしづかに放す

あとがき

幼い頃は人と話すのが苦手な、どちらかといえば内向的な子供でした。自分の思いをその場で言葉として発するとき、抱いている感情のほんの一部しか伝えられないことで、思いが歪んで届いてしまうことが怖かったのかもしれません。けれど、そのずっとずっと深い意識の底には、心を開放した対話への希求があったのだと思います。

わたしにとって短歌は、言葉にすることができなかった、日々の隙間からこぼれおちてゆくさまざまな感情を、そっと掬い取ってくれているように感じます。

作歌を始めたのは二十代の半ばからになります。本書には休会していた時期も含め、一九九一年から二〇一八年までの二十七年という長い年月を凝縮して、多くの作品の中から三百二十首を収録しました。

今までに作った歌を振り返って人生を紡ぐように草稿をまとめていると、そこには自分とは何か、生きるとは何かという問いがありました。第一歌集を上梓するまでの道のりは廻り道だったかもしれませんが、歳月を重ねながら、少しずつ気づき、導き出されてきた自分だけの答えを、ひとつひとつ一冊にまとめることができたのではと思います。

そしてそれは、過去や出来事、時代や環境、他者や自分自身を含むすべてのものに向き合い、許し、受け入れること、あるいは時に手放すこと、そしてそこから、そのすべてを慈しむことに繋がっていきました。女の子はいずれ出てゆく子だからという言葉の続きにも、だからこそ、その先で苦労のないようにという深い愛があったことに、ようやく気づかされました。自らの身に起こることをどう解釈し、どう意味づけてゆくか、内なる自分をどう引き受けてゆくか、そんな鍵を見つけられたような気がします。

「藥」は人ならば命を産み出す器官でしょうか。藥という字には多くの心があります。これまでに、女性として生まれたからこその思いや迷いや悩みや痛みもあったけれども、そのすべても女性であるからこその喜びも、人と人との出会いと関わりを通して、感謝の思いとともに、今は全てを愛おしく思います。

中部短歌会の前主幹であり、わたしの学生時代の師でもありました春日井建先生、作歌当初から長年にわたりご指導をいただきました斎藤すみ子先生、現主幹であり栞文をいただきました大塚寅彦代表と、中部短歌会の皆さまに、心より深く感謝を申し上げます。

また、この度、栞にお言葉を寄せてくださいました塔短歌会の松村正直様、ヒプノセラピストとしてわたしをお導きくださり、帯文を寄せてくださいました女優の宮崎ますみ様に、厚く御礼を申し上げます。

そして、いつもわたしを温かく見守ってくださる歌友の杉森多佳子様、長谷川と茂古様からは多くの励ましやご助言をいただき、こうしてようやく歌集を上梓することができました。心より感謝をしています。ありがとうございました。

出版に際し、短歌研究社の國兼秀二様、菊池洋美様には、細やかなご配慮とご尽力をいただきました。本当にありがとうございました。

最後に、日々のわたしを支えてくださっている多くの皆さま、仲間、友人たち、そして家族の、ひとりひとりに、心をこめて感謝の思いを捧げます。

わたしの歌の一首でもいい、それがたった一人にでもいい、どなたかの心のもとに届きましたら、とても嬉しく思います。

平成三十一年四月　ひとつの時代の終わりの春に

近藤寿美子

著者略歴

1964年　愛知県生まれ
1991年　作歌を始める
1996年　中部短歌会入会
2001年　中部短歌新人賞受賞
2018年　現代短歌社賞佳作入選

省　検
略　印

中部短歌叢書第三〇〇篇

令和元年七月二十六日　印刷発行

定価　本体二〇〇〇円（税別）

歌集　桜《さくら》蘂《しべ》

著　者　近《こん》藤《どう》寿《す》美《み》子《こ》
発行者　國　兼　秀　二
発行所　短　歌　研　究　社
郵便番号一一二―〇〇一三
東京都文京区音羽一―一七―一四　音羽YKビル
電　話〇三（三九四四）四八二二・四八三三
振　替〇〇一九〇―九―二四三七五番
印刷者　豊国印刷
製本者　牧　製　本

ISBN 978-4-86272-609-4 C0092 ¥2000E